やさしく象にふまれたい

もくじ

◎アトリエの詩

◎シュルレアリスムの朝

◎春の喫茶店

アトリエの詩

部屋

かたちになれなかったものはあこがれていたのだと思う。

アトリエの詩

白い息が出るアトリエは、明るいのか暗いのかわからない。

「青い目には白い肌がよく似合う」

その娘はボクの血を吸ってくれない。

朝早くのアトリエには、きみはもうイーゼルに向かっていた。

石油ストーブにやかんをのせてお湯を沸かす。


「はい。珈琲」

「ありがとう…寒いね」

「うん…寒いね」

「…」

「……」

「………ねぇ、聞いてもいい？」

（その娘はこっくりうなずいた。）

「どうして、ボクの血は吸わないの？ほかのこのは吸ったのに」

珈琲の香りが朝の静寂を醒ました。

「あなたの血を吸ってしまうと、わたし一人になっちゃう。だからなの。わたしはあなたを見ていたい。見えなくなるまで二人ぼっち。青い目と白い肌は、もの憂げな冬みたい。そして、朝赤らむ頬にキスしたい。」

ボクは思わず照れて赤くなったけど

「でも、ボクね、赤い目にほんのちょっとだけ憧れてんだ。それに、赤い目にならなくちゃ、ボクの方が一人ぼっち。一緒になろう。そうしたら、まぶたをあけるまでひとつになれる。」

そこまで言って、窓からふと朝日がまぶしくふりそそいでやっぱり
明るいのか暗いのかわからなかった。
かじかむ手で、君はボクを描き、ボクは君になれた夢を描いた。

珈琲は冷めてしまっていた。

サイダー

（欲しいのは音楽の方で、意味ではない）

ユニゾンへの乗車
あくびのようなハミング
振袖のたなびくドライブ

詩に近いエッセイは
フリーターの眠り
風に吹かれて消えた雲
目的を忘れたエッセイは詩になった

とりとめのない音

・

・・

・・・

サイダーを飲む

やさしく象にふまれたい

ぬるい。
眠たい洗濯物のよう。
狭い部屋に住みたい。
上北沢の。
ベランダ。
夏に雪が降ったら、きれいなのかな。
象が空を飛んだら、ふわふわにおう。
目をつむっている間に知らない景色にいた。
そんな窓もいい。
風車が二つまわる。
ゆっくりと。
吸い込まれてスイーって。
雲?
小麦粉さ。
ミルクティは、午後の味。
山羊がいる。

ビスケットのよう。
フルートが聴こえた。
汽車を降りる。
駅にいた。
切符を置いてきた。
小さい星に。

パレード

雨です
まるで幾何が
ほつれて
うつむいた午後に
信号のランプがひとつふたつみっつ
パレードのようにともり

空気がひんやり冷たいのです

スピカ

病院の非常口・・・
真夜中のネオンテトラの水槽・・・
リハーサル、ひと気のないホール・・・
最終電車は車庫に入ります・・・
どなた様もお乗りにはなれません・・・
スピカ、青白い星・・・

雨

雨。
すがりたい。
まみれていたい。
溶けた。滲んだ。薄らいだ。
カーテンはあいていて
窓から、とりとめのない
なんとなくが流れていて。
何もなくって。

イルミナシオン

さんさんと降り注ぐ言葉の雨は枯れた音を鳴らさない。声から生まれた音楽は唄うことから離れない。投げ売りの彼らはすぐ腐る。けれど、腐る直前がいちばんおいしい。だから、投げ売りこそがよく似合う。詩人の言葉は、鼻につく。耳を澄ませば聴こえてる。つがいのもう一方を探してる。鏡の向こうに永遠がある。騙し絵の街に翻弄されて頼りになるのは、ほんの昨日の土くればかり。野獣が天使を食って懺悔する。遠目に見ると抽象画のように、混ざり合う色の臨界が鮮やかに生きる。みっともない執着も闇から手を伸ばす光の本意で、息を綺麗にしたいから。

イメージ

（イメージ）

（イマジン）

想像
…
……
………
…………
……………
………………
…………………
……………………
………………………
……………………
…………………
………………
……………
…………
………
……
…
創造

idea（アイデア）

‥

……

………

…………

……………

………………

……………

…………

………

……

‥

idea（イデア）

‥

……

………

…………

……………

………………
……………
…………
………
……
…
ideal（アイデアル）
…
……
………
…………
……………
………………
……………
…………
………
……
…
理想？

ゆき

今日は、置いてきた。
息をした。
埋もれた。
窓硝子から。見る。世界を。
愛していた。
少しだけ。
ゆき・・・　ゆき・・・
ボクが誰か、憶えてなくて
はろー・・・はろー・・・
情景が
ひとつ
ボクを呼ぶ。

エーデルワイス

白色矮星
ニ
変ワッテシマッタ

細イ指先
滑ラセタ

淡イ灰
ノ
エーデルワイス

白
イ

ピアノ
ノ
ノクターン

朝
ノ
光
ノ
カーテン
ガ

初メテ

「サヨナラ」
ヲ
イッタ

画家

青い鳥は冬の湖の朝にいました。

街頭、ボロをはおった詩人は、ギッフェリを頬張り白い息のうずまく珈琲ショップ、寒さをたたむように、祈ります。画家はゆるぎないシンパシーを詩人に感じ、詩人は、音楽を試みる。オルガンとダージリン。アコーディオンとウエハース。切り取った景色もありあまる連想も出回った概念に巻き取られて詩人は、きれいに失望する。先取りした世界に待ちくたびれた才能は、いつの世も、身を滅ぼし、ジャーナリズムを喜ばす。朝、下流にコートを着た死体が浮いていたら、それはボクです。

地上

地上には、動物たちの死体が横たわっている。
美しい朝日が差し込む。
カーテンの中にひと気はない。
鳥のさえずりもない。
静かな音のない映画。
地球は回っている。

排水溝

空模様は
このままボクを連れ去って
雨降りの波止場
どうしようもなく雲はただだれ
目の前をかなぐり降ろした息は
重くまとわりつく
立ち尽くす鉄塔が
灰色を垂れ流した排水溝に似て
そこでボクは生まれたような気がする

アキレスと亀

予感に似た、
鬱は、晴れない霧で、逃げながら、尚もどこか意図惜しい何か、
憂いさえも美しく、
アキレスと亀の隙間に見えた、
言葉を知った彼らが、言葉に捕まった傍ら、
見えないものを見ようとして、
静かな水面を待っていた、
いたいけな眼差しを忘れない、
さりとて、世間は目を開けたまま寝言を言って、
詩人をそしる、
それもよい、行こう、
逃れられぬそねみも、しがらみたまなこも、
離反する磁場に背を向けて、
綺麗に死んだ、
そして、世界はそこに在ったのだ、

シュルレアリスムの朝

左右

右を選べば右を選んだ人になる。

左を選べば左を選んだ人になる。

水槽

誰もいない水槽で
びしゃり
あまねく宇宙に
絡まって
フランスの夜を
奏でれば
雨の日
森は
うつむき加減で
こんにちは
簡単な現実と
難しい夢は
なかなかうまく性交できない
なかなかうまく性交できない

魚

ぴちぴちと打ち上げられた魚がはねる
空気があるのに苦しんでる
魚は涙を流さない
魚は死んだ
魚の涙は海だから
美しい女が泣いている
泣いて視界をにじませて
さっきまでのデッサンはだいなしだ

おかげで
上手な絵を描かずにすんだ
よいテキストを書ける人はそうはいない
よい演奏をできる人もそういない
みんなほどほどに退屈だけど
退屈の近くには、しあわせらしいものがある
虹がほしい
光の屈折のウンチクは虹を美しくしてくれない
数学は、食卓をあたたかく見守ってくれない
乳首のくちびるの先には

アヒルとトカゲが遊んでる
憧れのぶんだけ
ぼくらは無駄なことを考え続けていよう
次第に君は詩人になる
詩人になった君のコトバに
相槌を打ちたい
アダルトビデオは明るすぎる
鮮明なのはエロじゃない
エロは、夜の魚なのに
泳ぐ鼓動なのに

だからだよ。
だからなの。
そうして
魚は打ち上げられた
ぴちぴちと射精を繰り返す
次第に元気がなくなって
魚は死んだ
魚を殺さなくては、ぼくらは食にありつけない
まだまだいろいろ飢えている
我慢は息をとめるようだった

でも、息をとめていたら
笑うことさえ出来ない
だから、一生懸命苦しんだ
ぴちぴちぴちぴちぴち跳ねるようにして
毎日を
ただ
毎日として
毎晩、魚になりたい
魚になったぼくは
ぼく以外のもののために

ようやく死んで
食われたい

たまご

たまごになりたい。
うっすらとした膜のなかを
微かな脈を添えて
ええんえええんと静かに静かに泣いているよ。
夜のひかりは、どうして緑なのだろう。
緑色は、赤い病棟のランプを思い出す。
血管が点滴につながって
注がれていく。

注がれていく。
あうい、あうい、うあ、うあ。
あうい、あうい、うあ、うあ。
病室から見える冬空は、雲ひとつなく青くて（青すぎて白いほど）、
つかみどころがありませんでした。
みかんの皮みたいに、飛び降りる。

落ち葉
ヒラリ、
カラリ、
ソラリ、

ハラリ、

裸になって、そら、目でなぞるように、肺を、眠るまえに、触れて、思い出を綴じて、感覚だけになって、折りにふれて、官能を、罪のような宴を。美しい幻滅のためになら、何度だって殺される、いけるかな？たまごになりたい。ハァ、ハァ。たまごになりたい。ハァ、ハァ。来て！

ピヨピヨ。

ああ。

床に転がって、笑っていたね。冷蔵庫の音が聞こえていたね。ガラスの破片で、指を切ったね。ゆるりぬるりに血がが出た。ゆるりぬるりに血がが出た。

血がが出た。血がが出たから、ジリジリしたた。ジリジリしたた。

ミキプルーンの実を食べるとき
誰かの皮膚を
食べてるようで
何度も
芋虫を咀嚼する。
ふにふに。
芋虫は、いたい。いたい。と死にました。
ネタネタと口のなかが腐って
ぬとぬと噛んで
めぬめぬと唾液をたたえて
産まれたての赤ん坊は

どろどろに清々しく
生まれ変わったよ。
会いたくて産まれてきたよ。
生きたくて
殺されてみるよ。
まぶまぶまぶまぶ
柔らこくって
ぴるぴるぴるぴる
つまびくよ。
汁は、味はしないで匂いがする。
ぼくは布団に潜って

抱かれるように君を抱く。
抱かれるように君を抱く。
たまごになりたいな。
たまごになりたいな。
パソリ・・・。

エチュード

羊が一匹、羊が二匹、夢みる魚が
鳥に食べられた。
巣に戻った鳥は卵を産んで
卵は蛇に飲み込まれた。
エチュード、因数分解。

ところで

かきわけて、ここじゃない、そこ、そうだよ、そこ、もっと、そう、ああ、違う、待って、さっきの、その、あ、そう、そこだよ、でも、あのね、はぁ、はぁ、だから、どうして、まるで、その、ほんの、ちょっと、う、あ、もう、、、しっ、ふぅ、ふぅ、あれだよ、うん、、なんでもない、ただ、ほんと、すこしだけ、すこしだけ、ねぇ、まだ、そんな、ぇ、ぇ、ひゅん、ぷも、てろてろ、みにゅみにゅ、ほのほに、なぺなぺ、ぬとぬと、そにそに、たぴたぴ、まふまふ、ろなろな、ん、ん、ん、ふぅーーー、ところでさ、

ルナルナルナ

あわあわぶくぶくあわぶくぶく。
あむあむあむんちょあむあむあむ。
こころをぜんぶ投げ出したい。
ふぃふぃふぃっとすのすのすの
だめぽ。だめぽのルナルナルナ。
ぶな？
ぴ？！
くにの？

へな！

しとたてみひるべるばっしょ！

でべる！

なぺ。ぽなるにはなん。

けぬけれすとやんちるきすまら。

るさたばるーい。

ぺい！

展開

単調な水滴の音を
規則的に置いて
都会めいた鉄琴の波長を
冷たい欠伸に浸して
スプーンで
掬うような
午前
はたと風の通りを飲む

歩道は、薄明るく
時間の有限を無くしていく
庭先で空の匂いを嗅いで
肺は街に
呼吸する

ハレルヤ

水鳥が一羽、朝焼けの空を跳んだ
川の畔に映る鮮やかな雲のくびれが
闇を染めて混じりあう

無風の風が舞い
木々は目覚めを解き放つ

宇宙の庭が開けていく

光は充たされた

ハレルヤ
ハレルヤ

回転する水びたしの球体は

朝と夜とに、明滅を受理し
この星の水滴は
地を刻み
けれど、水は自らを刻めない
硝子の精よ
未来の姿よ
骨の大地に
祈りを捧ぐ
ハレルヤ
ハレルヤ

形而上学

（さえぎるもののない光は、ただ、明るいだけで、見ている、そのことさえ忘れてしまう、ゆくゆくは、明るさそのものまで忘れてしまう）

認識は、隔たりだ

想像する

不自由の形式に、歓んでいる

二足歩行の

放たれた両手の自由に、戸惑っている

哲学は、必然だ

存在は、予言であり、ぼくらは、また証拠であり
運命は、証明する

凡庸

玉ねぎを剥くと、中身はなかったり。
虹を追いかけたら、追いつかないうちに消えてしまったり。
いったい何が欲しかったのか自分でも分からなかったり。
そういうわりには、すぐどうでもよくなっていたり。
めそめそして小さくなったり。
よしよしされて大きくなったり。
永遠を信じてみたり。
時折かったるかったり。

遊びの延長で死ねないのが現世の誤算であり。
まじめにふざけろというのも
げにおかしきものであり。

アフリカ！

おれはアフリカにいた
景色から全身いった

質感はちょっと、匂いが先行した

黒人の乳房を飲んで
汗くさい寝床で
生ぬるい肌に触れた

枯れた草の風が通った
おれは流れに身を任せ
空を仰ぐように走った

やがて、
おれは空と地面を褐色の肌で結んだ！

すべて褐色！
青さえ褐色！
おれはアフリカ！

世界のまんなかの端っこ

世界のまんなかの端っこで
ぼくらはたくましく生きる

世界のまんなかの端っこのまんなかで
ぼくらは時々自惚れて

世界のまんなかに憧れて傷ついて追いかける

世界のまんなかの端っこで
ぼくはきみに会いたい

ビードロ

ビードロを口に含んだ熱っぽい思い出
夏の音
りんご飴、きれい
街灯りの夜
蛾がゆらめいた
雨あがりと
夕焼けの匂いを残して
カレンダーはあるだけ消えた

ナイターのトランペットとメガホンの音は、夏のビールの味なのだ
プールのあとのように眠れたら
それを
今度、しあわせと呼んでみよう

にんげんの国

お元気ですか？

にんげんの国に行く時、どうぶつ達は、とても寂しそうに見つめていました。

おっぱい飲んで寝んねした後、まだこちらには、柔らかなお日さまと、お花や草木の甘い匂い、酸っぱい匂いが、空気そのものに溶けていました。

手を叩いて、羽がはえて、ぼくたちは、夕日の沈むまで、ずっと遠くの空まで、跳びました。

どうぶつ達が見送った先には、コトバと時間に刻まれた国がありました。

そこには、にんげんのふりしたどうぶつ達が、どういうわけか理由も知らず、どうぶつの国を懐かしんで暮らしていました。

寂しそうなまなざしは、ほんとうでした。

そして、何度となく、どうぶつに戻ろうと、寄り添ってみては、舐めたり、つねったり、笑ったり、泣いたりするのでした。

夜にいくら溺れても、朝は容赦なく新しさを押しつけて。次第に生きるのに理由が必要になりました。

やたら、欠伸がでるのはそのためです。

春の喫茶店

世界女

ぼくを取り巻く女性という生き物たち。これは、とても不思議な生き物なのだけど、時にぼくを丸裸にしてしまったり、凶暴な言葉でぐちゃぐちゃに困らせたりしてくるのだ。でも、たぶん底抜けにやさしくて、おっかなびっくり。矛盾も美しいんだよと言わんばかりに不条理をなにくわぬ顔で実践してる。彼女らの嗅覚は、ひたひたと舐めるように分析的で、男はいつしか料理されているのも知らずに、穴と柔らかな襞に潜りたい一心で献身するのです。誰に言われたでもなく苦でもなく、まるで、自分の身体の家みたいに休ませてくれる、寝息みたいなイマアジュに進んで飛び込んでいくのです。それはたぶん、女は花だから、花は美しくて当然だから、幸せは死だというのを薄々気づいていて、いっそう美しく開いていく。若さを情念にまで押し上げて、ただただ、いまのいまのそのまたいまを輝けるための何らの保身もない灼け入るような瞬き。恋ですか？愛ですか？キチガイですか？乙女は軽々とダンディズムを踏み越えて、宇宙にもやがて飽きてしまうなら、あとは、豊かな土になりたいと願う乳房の門になるでしょう。実のところ、女自体がそれこそが世界で、あとは無数に浮遊する精子が楽しそうに或いは白痴さながら（それは在る意味とてもかなしい気がしないではないけれど）焦燥し果てるだけの映像に映るのだ。いつか、あっという間に、こころよく滅びていくその日が訪れる時を見据え、つまりは真実の快楽のために、どこまで実直に向き合えるだろうか。そればかりが、かなしいかな、ぼくのほとんどすべての願いらしくて、だからかすこやかに晴れていて。でも、なにか老齢の陰気がまがまがしいあぶくを湛えて、その気泡を吸ったなら、命とお金の地獄を尚も、目くじら立ててせめぎ合う始末ですから、ああ、純粋は早く死ななければならないというアレは、おとぎ話ではなかった。パルナシオン。クライマックス。幻滅。パルナシオン。クライマックス。幻滅。パルナシオン。クライマックス。幻滅。小難しいことは笑いとばしちゃった。

春の喫茶店

春の 喫茶店
跳ぶ フラミンゴ
夜の 靴下
白い マンションの月
整列する　営み

二月パスピエ

ドビュッシーを遠くに聴きながら、どこまでもどこまでもわり算するように髪をすすいでいる浴室、シャワーにさえぎられても尚、想念は先走り続け、置かれた肉体は黙々と単純作業を引き受ける。

水回りには、木片とガラスを集めて愛でて、緑色の呼吸を差し向け、美しさを願い、半分浸かった魂のぬかるみに、もう一方も跨いで入り、ゆっくり身を意識と交接しながら閉じていく。

もうじき朝が来るね。

現代

閉鎖された自尊心
肥大する腫瘍
無駄な勃起
衰微

なんてことはない
なんてことはない

風船膨らます
ふうふう
風船膨らます
ふうふう

割れるのこわい

大きくなあれ
割れるのこわい
大きくなあれ

なんてことはない
なんてことはない

終末浪漫

世界の最後の言語に
論理を求めはしない
気配やしぐさや匂いや触感や雰囲気
そして、予感のようなもの！
伝えることに、もみくちゃになって
寝息のなかに戻りたい

世界の最後の言語は
ふりかえることをせず
春のこもれびに帰すだろう

きみのなか

女
の
子の
お腹の
なかに入って冬眠する
生まれてくるのは
春
だろう
両足を
折りたたみ
それを両手で抱えこみ
密やかな
耳

になる

明るい部屋で
いい匂い
の
君は
やさしい寝息
を
たてている・・・

パズルはモザイクになっていて

パズルは、モザイクになっていて、観念の絵に近づいていく。
詩集は、完成を待っている。
その配置まで、それは望んで主張する。
青春とは、厄介なものだ。
その躍動は見事に美しく、そして、無様。
意味を求められると窮してしまう。
理想は、蜃気楼だった。
情熱は、論理を焼いて気化する。

欲しいものは何だったのか？

あらゆる映画は、余韻のため。

足の裏には、生活が張りついている。

生け捕りにされるのは容易だ。

右巻きの頭には。

けど、宇宙に参加したい者は、左まわりに、苦虫を噛む。

そのうち、自由より自然の信者になる。

その頃には、筆が折れて、それはそれで少し寂しく小さく懐かしい。

ただ、それはそうあって明るい暗い

もう、大げさなことは何もないよ。

しかし、それは幻滅ではないよ。

余計なものは減っていく。

いたいけな背伸びを残して。

アイデンティティ

次々と入れ替わっていく細胞たちに、ぼくのアイデンティティらしきものを教えていくけど、そうやって、そもそものぼく自身も入れ替わっていって、おじさん誰？って幼いぼくは不安そうに問いかけてくる。

きみはぼくになるのだよ？　（或いは、ぼくはかつてきみだった。）

きみはやはり不安そうに見つめてる。

わかったよ。

きみにぼくを押しつけはしまい。
きみはぼくではない。
きみの認識こそがきみなんだ。

きみはもう誰でもないきみでいい。
ぼくはいくよ。
あらゆるぼくの望むところへ。

無意識下でのこと

これは今、この文章を読んでいる君に送ろう。君のために書こうと思う。君とはずいぶん会っていないような気がする。

でも、実際会ってみたら、昨日会ったみたいになるだろう。

いつもそこにいるような、妙な懐かしさというか親近感を抱いてしまうだろう。

君がぼくの意識に触れようと人知れず外から眼差しを向けてくるのと同じように、（人見知りのように）ぼくもきみの意識を遠くから眺めていたりする。

気付かれたいのだけど、気付かれたらおしまいみたいな。このおかしな気持ち、君なら分かってくれると思う。

ぼくらが知らず知らずに、無意識下で惹かれ合っているのは、脳の途上が似ているからだ。

ぼくは自分を見るようにして君を見るし、実際、君もそうだろう。

やさしく象にふまれたい

二〇一五年八月八日　発行

著　者　オノツバサ

発行者　知念　明子

発行所　七　月　堂

〒一五六―〇〇四三　東京都世田谷区松原二―二六―六―一〇三

電話　〇三―三三二五―五七一七

FAX　〇三―三三二五―五七三一

Printed in Japan

ISBN 978-4-87944-238-3 C0092